SENHOR DE SUA PERSONALIDADE

Senhor de sua personalidade

ALDIVAN TORRES

Canary Of Joy

CONTENTS

1 - "Senhor De Sua Personalidade" 1

1

"SENHOR DE SUA PERSONALIDADE"

Aldivan Torres
Senhor de sua Personalidade

Autor: Aldivan Torres
©2018-Aldivan Torres
Todos os direitos reservados

Este livro, incluindo todas as suas partes, é protegido por Direito de autor e não pode ser reproduzido sem a permissão do autor, revendido ou transferido.

Aldivan Torres é um escritor consolidado em vários gêneros. Até o momento tem títulos publicados em nove línguas. Desde cedo, sempre foi um amante da arte da escrita tendo consolidado uma carreira profissional a partir do segundo semestre de 2013. Espera com seus escritos contribuir para a cultura Pernambucana e brasileira, despertando o prazer de ler naqueles que ainda não tenham o hábito. Sua missão é conquistar o coração de cada um dos seus leitores. Além da literatura, seus gostos principais são a música, as viagens, os amigos, a família e o próprio prazer de viver. "Pela literatura, igualdade, fraternidade, justiça, dignidade e honra do ser humano sempre" é o seu lema.

"Senhor de sua personalidade"
Senhor de sua Personalidade
Enfim, Recife, a capital Pernambucana
Capítulo II
Capítulo III
Capítulo IV
Capítulo V
Capítulo VI
Capítulo VII
Capítulo VIII
Capítulo IX
Capítulo X
Capítulo XI
Capítulo XII
Capítulo XIII
Capítulo XIV
Capítulo XV
Capítulo XVI
Capítulo XVII
Capítulo XVIII

Enfim, Recife, a capital Pernambucana

Nasce um novo dia. O sol é bastante forte desde cedo ajudando no despertar de todos. Rafael Potester é o primeiro a acordar e imediatamente começa a despertar os outros, inclusive a dona da casa. Quando todos estão despertos, tomam banho, escovam os dentes, trocam de roupa, arrumam as malas e comem o desjejum. Ao fim de estas etapas, estão prontos para partir em definitivo rumo à última cidade. O que os esperava?

Seja o que fosse, estavam preparados, pois, aprenderam durante esta jornada superior a duzentos e cinquenta quilômetros as habilidades de adaptação, motivação, camuflagem, persistência e paciência. Graças ao filho de Deus, já se consideravam vencedores de seus próprios medos. A palavra correta era superação. Como dizia o filho do verbo, nada é impossível para aqueles que creem em Deus.

Com este otimismo, reúnem-se, pegam suas bagagens e ligam para dois motoristas conhecidos de Dona Rubiana Moreira. Esperam um pouco. Vinte minutos depois, eles escutam buzinas, saem da casa e entram em dois carros, cor prata. Quando todos se acomodam é dada a partida com destino à capital.

Seguindo uma rota predeterminada, eles correm um pouco na cidade até ter acesso à rodovia BR 232. Este trecho é bem movimentado neste horário, sete e meia da manhã. Entre carros enfileirados no mesmo sentido, eles deslizam no belo tapete negro da rodovia federal mais importante do estado. Quanto chão até ali: passearam em elevações, visitaram prédios históricos, caminharam à beira da rodovia, conversaram em inúmeras situações. Tudo o que viveram servira para fortalecer o seu "Eu sou" e prepará-lo para o despertar final. Agora faltavam bem pouco.

Com vinte quilômetros percorridos, já podem visualizar um pouco do imponente lugar que era a capital, um emaranhado de edifícios que abrigava a maior população da província. Recife, tida como capital do frevo e do maracatu, localiza-se na Mesorregião metropolitana do Recife. Com uma área de 218 km², tem uma população unitária de 1 688 488(2014) habitantes e sua região metropolitana aproxima-se dos quatro milhões de habitantes, sendo a quarta mais populosa do país. É a cidade mais rica do estado com IDH de 0,772(2010).

Os últimos dez quilômetros são cumpridos rapidamente devido ao aumento da velocidade dos veículos. Logo tem acesso ao entroncamento urbano da capital e a pedido do vidente dirigem-se a um hotel conhecido no bairro boa viagem. Apesar de terem chegado rápido na capital, dentro dela enfrentam um trânsito congestionado comum às metrópoles. Gastam cerca de uma hora e meia para chegarem finalmente ao destino: hotel Acapulco, onde o vidente hospedara-se um tempo atrás. Os carros param no estacionamento dos veículos do luxuoso hotel localizado próximo à praia. Eles descem, pagam o frete, despedem-se, os motoristas vão embora e eles encaminham-se para a recepção. Cem metros é a distância que os separa.

Cinco minutos depois, já estão na fila de cadastro, escutam um barulho ao fundo e tem uma grata surpresa: O Arcanjo Uriel com uma estranha também na fila. O que significa aquilo? Uriel não partira para sempre? Quem era aquela senhora tão misteriosa que o acompanhava? Mesmo cheio de dúvidas eles se aproximam do arcanjo e fazem uma grande festa de cumprimentos e aplausos chamando a atenção de todos. Quem diria? O vidente é o primeiro a entrar em contato:

"Meu amado, Uriel, há quanto tempo! Eu estava preocupado pensando que algo tinha lhe acontecido. O que houve?

"Eu sou um Arcanjo, filho de Deus, seu protetor e como tal tenho obrigação de estar sempre perto. O que houve é que tive que embarcar no trem fantasma e resgatar alguém muito interessante para dar a cartada final nesta história. (Uriel).

"Ainda bem! Seja bem-vindo! (O vidente)

"Obrigado. Irmão, que grata surpresa! Não combinamos nada! (Rafael)

"Respeitamos assim a independência de cada Arcanjo. (Uriel)

"Quem é esta simpática senhora que vos acompanha? (Renato)

"Chama-se Guardiã do amor, é a queridíssima irmã da guardiã da montanha. Sua tia adotiva, Renato. (Uriel)

"Minha tia, não sabia! (Renato)

O guardião do amor dá quatro sequências de passos à frente e encontra-se com o sobrinho. Segue-se então um abraço forte que contagia a todos. Que surpresas a vida trouxera! Mais uma sábia e poderosa senhora pronta para ajudá-los. O vidente dirige-se aos outros:

"Aos novatos, nosso Arcanjo Uriel e a guardiã do amor. Podem dar suas Boas-vindas.

Em respeito a si próprios e ao mestre, todos se cumprimentam e apresentam-se em um instante, estão reunidos como uma grande família. A equipe da série o vidente estava pronto para o sucesso.

Ao final dos cumprimentos. A guardiã do amor entra em contato:

"Bem, está na hora. O Arcanjo Uriel contatou-me no meu plano e me pediu para vir aqui. Há alguém entre vocês que precisa de ajuda e espero que a minha vinda esclareça muitas coisas. (Guardiã do amor).

"Quem é? Nós já nos sentimos bem melhor desde que conhecemos o filho de Deus. Penso que não precisamos mais de ajuda. (Rafaela Ferreira)

"Sou eu mesmo, Rafaela Ferreira. Apesar de ser filho de Deus eu também sou humano e venho carregando um peso grandioso nas minhas costas. Agora eu que peço a ajuda de cada um de vocês para curar minhas dores. (O filho de Deus).

"Você, mestre? (Espantou-se Rafaela)

"Sim. (O vidente)

"Estarei sempre ao seu lado, parceiro! (Renato)

"Obrigado! (Aldivan)

"Sua humildade é comovente. Nos encontramos depois? (Guardião do amor)

"Sim. Depois que acomodarmos faremos uma reunião especial com todos. Está bem, pessoal? (O vidente)

"Está bem. (Todos, concomitantemente)

Um momento depois, o silêncio paira entre eles. Pouco a pouco, vão avançando na fila, e chegando na recepção para fazer o cadastro. Os que são atendidos primeiro esperam gentilmente pelos outros. Quando o último termina, eles partem juntos para os quartos que ficavam espalhados pelo primeiro e segundo andares.

Entre a subidas das escadas e chegadas nos quartos passam-se apenas dez minutos e nossos amigos enfrentam com disposição. Quem diria que eles sobreviveriam até ali? Enfrentaram as trevas, as adversidades, o desgaste natural e ainda estavam inteiros. Independentemente do que acontecesse, estavam de parabéns pelo esforço.

Chegando nos dormitórios, eles acomodam suas malas, descansam um pouco, tomam banho e assistem um pouco de televisão. Concluídas estas operações, é meio-dia e meia hora e então eles saem dos quartos e procuram o refeitório que ficava no andar térreo. A reunião seria realizada lá.

Gastam apenas alguns instantes entre os quartos e o local destino em passos firmes e seguros. No ambiente amplo do refeitório, escolhem três mesas próximas umas das outras e acomodam-se. Após, entram na fila do autosserviço que era gigante devido ao movimento do lugar que recebia turistas de todas as partes do estado e pelo fato de ser um fim de semana. Precisariam exercitar a virtude da paciência mesmo diante duma fome gritante.

Trinta minutos depois entre empurrões, brigas e muita luta retornam aos seus lugares com os pratos cheios com variados tipos de alimentos, conforme a preferência de cada um. Em suas mãos, o recibo a pagar que fora entregue no momento da pesagem.

Acomodando-se novamente em seus lugares respectivos, começam a alimentar-se enquanto uma animada conversa decisiva inicia-se entre eles.

"Bem, como dito sou a guardiã do amor e sou experiente neste sentimento. Como vocês vivenciaram o amor até o momento?

"Vivenciei duas fases. A primeira, eu me negava a amar e as oportunidades que tive de encontrar alguém desperdicei ou então fugi. Na segunda fase, a conscientização e a busca. Apesar de ser difícil e dolorosa tenho a certeza que fiz a escolha certa. (Aldivan)

"Até o momento eu apenas paquerei. Sabe, sou muito jovem para ter certos tipos de responsabilidade. (Renato)

"Eu sou um Arcanjo e meu amor é direcionado a todo o universo. (Rafael Potester)

"Estou na mesma situação que meu irmão. Especificamente meu cuidado é direcionado ao filho de Deus. (Uriel)

"Vivenciei o amor diversas vezes, mas por pessoas erradas. Sabe, não adianta você gostar de alguém que é falso e não se importa com você. (Rafaela Ferreira).

"Eu ainda estou em busca de sentir amor por alguém. O estupro de que fui vítima tornou-me uma pessoa rancorosa, doente e desacreditada. Estou gradualmente superando este bloqueio com a vossa ajuda. (Bernadete Sousa)

"Passei grande parte da minha vida ligada ao materialismo e ao prazer. Eu não queria ter relacionamento sério com ninguém. Por isso sempre busquei o sexo casual. Isto me fez mais feliz? A partir da reflexão que tive durante o encontro com vocês descobri que não e ao terminar esta aventura quero reconstruir minha vida. (Osmar).

"Olha, quando se vive na periferia e no meio de criminosos, o amor não tem uma conotação como vocês conhecem. Temos apenas parceiras. Vivi alguns relacionamentos, mas nenhum deles foi duradouro. Quando eu retomar minha vida, quero construir uma nova história para mim. (Manoel Pereira)

"Estive tão ocupado em investigar o céu que esqueci de mim mesmo. O encontro com vocês mostrou-me que devemos ter prioridades e o lado pessoal é um dos importantes. Graças a Deus tenho fé que virão dias melhores. (Róbson Moura)

"A ciência e a rotina tomaram boa parte da minha vida. Devo confessar que também errei. Ainda bem que os encontrei e estou tendo novas perspectivas. (Lídio Flores)

"Encontrei meu primeiro e único amor. Porém, ao casar, percebi que não só bastava isso. Um relacionamento tem que ter um grande entrosamento entre ambos envolvendo compreensão, cumplicidade, fidelidade e amor. Mesmo assim, há crises que são inevitáveis e devem ser contornadas. (Diana Kollins)

"Renunciei ao amor humano em nome de uma missão, de ser pastor das ovelhas de cristo. O que me move agora é o amor universal que se derrama sobre as criaturas e que tem a sua maior representatividade no cristo crucificado. (Ramon Gurgel).

"A minha deficiência resultou em consequências trágicas. Por questões que não posso citar aqui, não posso construir um relacionamento duradouro. Eu não tenho escolha. Contudo, a convivência com vocês trouxe-me uma nova oportunidade, uma nova postura. (Rafael Gonçalo)

"Eu sou um frustrado em relação a isso. A minha fuga de casa, a vida nas ruas e no cassino não me ensinaram praticamente nada de construtivo. Mas estou aprendendo muito com vocês. (Godofredo Cruz)

"Vivi o antagonismo do amor todo o tempo, pois fui treinada para isso. Agora, estou reordenando meus valores e o responsável por isso tudo é o filho de Deus. (Katherine Caldas).

"Desde que descobri que ia ficar cega perdi o interesse pelas boas coisas da vida. Agora, estou curada e espero arranjar um grande amor. (Rubiana Moreira)

"Muito legal. Temos aqui uma reunião de sucessos e insucessos em relação à vida amorosa representando a diversidade. Sei como vocês se sentem porque senti na pele o peso deste sentimento. (Guardiã do amor)

"Então podemos começar meu tratamento? (O vidente)

"Que tratamento? Eu não sei do que está falando. Vim aqui para lhe oferecer uma apenas uma prova de reflexão, um ensinamento para que você não cometa os mesmos erros que eu o qual custaram a minha felicidade. (Esclareceu a guardiã).

"Quando começamos então? (O vidente)

"Terminemos o almoço. Depois falamos. (Guardiã)

Aldivan acatou as ordens e apressou-se em concluir o seu almoço. A cada garfada no alimento, a sua ansiedade e seu nervosismo cresciam. O que estava para acontecer? Em um momento, era um mestre absoluto e agora estava submisso a uma mulher respeitosa, a irmã da guardiã da montanha, sua primeira mestra. Sua intuição gritava constantemente. Ela lhe dizia que algo importante estava para acontecer e que provavelmente transformará definitivamente sua vida.

Dez minutos depois, eles concluem a refeição e então a guardiã do amor retoma o contato:

"Escolha um dos seus amigos para acompanhá-lo.

O vidente pensa um pouco. Como assim escolher alguém? Todos ali tinham sua importância e um lugar cativo no lado direito do seu peito. Talvez ela se referisse a afinidade e sim, tinha alguém em especial. Toma então uma decisão.

"Escolho o Renato. Ele é meu parceiro fiel de aventuras. (O vidente)

"Obrigado, parceiro. Garanto que não se arrependerá. (Diz Renato comovido)

"Muito bem! Então enquanto os outros conversam, nos dirija há um lugar que foi crucial para você aqui neste hotel. (guardiã do amor).

"Está bem. Sigam-me. (O vidente)

Os três saem do refeitório, pegam uma estrada de pedra, passam por barracas, quadras e logo se aproximam da piscina gigante. Pagam a entrada, e ficam às margens dela a admirar as águas tranquilas. O vidente aproxima-se da beira, senta nela e convida os outros a fazerem o mesmo.

Com todos sentados, começa a conversar.

"Esta piscina foi o inferno e a redenção para mim há três anos. Aqui, fui tentado pelo diabo e quase sucumbi. Ele usou da minha fraqueza e da minha raiva para tentar destruir minha vida. Porém, uma força maior me sustentou e não me joguei nela. Compreendi que minha vida está em primeiro lugar para Deus e minha missão também.

"Ainda bem! No meu caso, não tive tanta sorte e sucumbi. Eu não sou a filha de Deus! (Guardiã do amor)

"Sério? (O vidente)

"Sim, meu caro. (Guardiã)

"Isto foi parecido com o que aconteceu comigo. Eu estava em dúvidas entre fugir de casa ou continuar aceitando os desmandos do meu pai. Deus deu-me coragem para enfrentar a situação e escolher o primeiro item e isto me libertou. (Confessou Renato).

"Que beleza, Renato. No entanto, minha escolha não trouxe o sucesso desejado e ainda vivo atormentado por fantasmas. (O vidente)

"É para ajudá-lo a lidar com estes fantasmas que estou aqui. Meu exemplo pode ser inspirador para você. (Guardiã)

"Como fazemos? (O vidente)

"Quero que me batizes e me nomeie como sua apóstola. Como pertenço a outro plano, você precisa da ajuda do adolescente para tornar isto realidade. (Guardiã)

"É nesta etapa que eu me encaixo. Estou certo? (Renato)

"Exato, meu caro. (Guardiã)

"Comecemos então. (O vidente)

O vidente desce para a parte rasa da piscina e os outros também. De mãos dadas com seu fiel escudeiro, joga água em sua nova serva e aproxima-se mais. No momento do toque dos três, a visão da história mostra-se plenamente. Ei-la:

Capítulo I

Mimoso, serra do Ororubá, nove de janeiro de 1950

Ritual

Estávamos na tarde do dito dia, na única cabana localizada no topo da Serra do Ororubá que abrigava o casal mais destacado da região. O senhor "chama do Céu" e a senhora "dama das águas", valentes guerreiros espirituais que tinham como missão na terra honrar suas tradições e trazer a luz duas estrelas: A guardiã da montanha sagrada já com três anos e a guardiã do amor com apenas três dias de nascida. Na dita cabana, chegava a hora tão prometida.

O casal organizara um ritual de batismo para sua segunda filha, a guardiã do amor, o qual era composto por chicote de ervas, águas abençoadas temperadas com perfumes aromáticos, velas azuis. O objetivo era preenchê-la de dons com a ajuda das forças benignas do universo e prepará-la para sua missão respectiva, o de trazer a felicidade para os outros e para si mesma.

A fim disso, colocaram a bebê na bacia com água, acenderam duas velas ao seu redor, fizeram um carinho e começaram a bater nela com chicote de ervas. Batem repetidamente quatro vezes! Isto, quatro vezes, inadmissível! Por um erro e displicência da "Dama das águas" chicotearam a menina uma vez a mais e segundo sua tradição isto acarretava consequências trágicas. O destino da menina havia sido alterado involuntariamente e agora as consequências seriam imprevisíveis. Pobre da bebê!

Por conta deste fato, a "dama das águas" chorou o restante do dia com seu marido. O que fazer agora? Tudo estava perdido. Chegaram até cogitar a possibilidade de matá-la, mas acabaram decidindo que não, pois não tinham este direito. Era sua filha e lutariam por ela até o fim de seus dias.

Um pouco mais tarde, a mulher preparou o jantar, uma sopa de batata e comeu junto ao esposo e a filha mais velha. O silêncio perdurou durante todo o tempo devido à culpa. Ao final do jantar, ela teve que dar de mamar a recém-nascida. Logo depois, ela dormiu sendo colocada para descansar numa rede presa ao teto.

Enquanto isso, os outros três foram realizar suas orações à luz do luar e o pedido do dia era pela felicidade da menina embora acreditassem que já não seria mais possível. Quando cansaram, voltaram para cabana e foram dormir em suas camas de capim. Era necessária esquecer o hoje que fora simplesmente trágico. Um boa noite a todos.

Capítulo II

Nos dias posteriores ao nascimento da filha e em todo o tempo o casal anteriormente citado cuidava da vida particular e da educação das filhas. Pouco a pouco, elas foram ganhando corpo de meninas e alguns anos mais tarde de adolescentes. Eles estavam de parabéns pela dedicação e pela humildade contínuas destacando-se assim no povoado de Mimoso e nas redondezas.

Diferentemente da maioria das adolescentes de sua época, na década de sessenta, elas praticavam o respeito, o amor, tinham valores consolidados, eram trabalhadoras e bonitas por dentro e por fora. Á medida em que cresciam, seus dons estavam desenvolvendo-se consideravelmente. A guardiã da montanha crescia em sabedoria e a guardiã do amor crescia em humanidade. Juntas, podiam realizar milagres no tempo e no espaço. Eram conhecidas como a dupla dinâmica e com os pais eram o quarteto fantástico.

Tudo estava ocorrendo na paz e na santidade. Mesmo que a vida fosse difícil, que tivessem agruras lutas, elas estavam sobrevivendo com dignidade. Porém, é como diz o ditado, o futuro a Deus pertence. Avancemos.

Capítulo III

Com dezesseis anos e treze anos respectivamente, a guardiã da montanha e a guardiã do amor estavam no último ano do ensino secundário. Elas estudavam no colégio da vila e caminhavam cerca de dois quilômetros diariamente de modo a assistirem aulas. No caminho, subiam e desciam serra enfrentando as trilhas estreitas, espinhos, pedras pontiagudas que os tamancos desconfortáveis não protegiam, o sol sempre forte e a desilusão de muitas vezes na volta não ter nada para comer. Esta era a sua rotina diariamente.

Apesar de todas as dificuldades, eram tidos como exemplos na sala de aula. Eram prestativas, responsáveis, respeitadoras, pontuais e estudiosas. Como irmãs eram inseparáveis e irrepreensíveis como duas faces de uma mesma moeda.

Foi neste ambiente propício que as primeiras amizades e paqueras surgiram. Em relação a amigos, tinham boas relações com praticamente todos dentro e fora de sala de aula. Em relação a amores, começaram a paquerar concomitantemente dois garotos: João Cláudio Pereira, filho de comerciante, era o paquera da guardiã da montanha e Ricardo Vasconcelos, agricultor, era o paquera da guardiã do amor. Eles relacionavam-se no intervalo das aulas e após encontravam-se e iam passear no povoado. Tudo era muito simples e lindo por ser a primeira experiência da vida atual delas. Em verdade, a guardiã da montanha e a guardiã do amor eram espíritos milenares que reencarnavam em eras pré-determinadas. O objetivo era cumprir uma missão importante.

Capítulo IY

Os dias foram se passando. Os pais continuavam na vida do trabalho laboral da terra e as filhas na escola, no trabalho doméstico e a participação em eventos sociais. Ambos se ajudavam o melhor possível e assim a rotina não ficava tão pesada.

Em relação à paquera das duas, o relacionamento foi se solidificando e tornou-se um namoro oficial. Foram feitas as apresentações formais entre as famílias e mesmo com uma resistência inicial por parte da família do comerciante, as bases foram acertadas. Oficialmente, às duas estavam autorizadas a namorar e sujeitas às consequências naturais disto.

Na escola, continuavam exemplares concluindo ao fim do ano os estudos. Por ordem dos pais, parariam de estudar por falta de oportunidades da região. Além disso, na opinião deles, já estavam prontas para enfrentar o desafio de integrar-se a sociedade que naquela época consistia basicamente em ser uma boa mulher e dona de casa. O trabalho fora de casa ainda era um tabu para os costumes deles.

Boa sorte às nossas meninas!

Capítulo V

Os dois casais recém-formados gradualmente foram se conhecendo. Nas horas de folga do trabalho de ambos, encontravam-se em suas respectivas casas e muitas vezes saíam a passeio por diversos pontos quando haviam festas, reuniões, convites formais ou até mesmo em visitas informais a casa de amigos. Estes encontros ajudavam no conhecimento mútuo e estreitavam relações. Entre os locais visitados, Igreja, festa da matriz, associações rurais, piqueniques entre outros.

Da maneira como agiam, dava para perceber o esforço deles. Porém, era um esforço imaturo. Os quatro ainda eram muito jovens, com sede de liberdade e sem experiência alguma. As regras de convivência da dita sociedade da época só atrapalhavam em vez de ajudar. Contudo, continuavam avançando sem despertar grandes preocupações.

Capítulo VI

O tempo passava inexoravelmente. Cerca de um ano após namoro, algo começou a mudar. Ricardo Vasconcelos, o namorado da guardiã do amor, começou a faltar aos encontros, a dar sempre desculpas esfarrapadas, a se esquivar e a se esconder do compromisso. Isto instigou na guardiã do amor um resquício de ciúme, apreensão e dúvida. O que estaria acontecendo?

Decidida a descobrir tudo, um dia ela ficou de tocaia e acompanhou de longe uma de suas saídas de sua casa. Eles saíram do perímetro do povoado, entraram num matagal e o seu querido namorado encontrou-se com uma mulher casada com beijos e abraços. Após, entraram numa moita de mato e começou-se a ouvir gemidos e gritos arrepiantes de prazer. Daí a guardiã do amor não teve coragem de prosseguir a ver as vias de fato. Desgraçado! Como ousava trair sua confiança? Os homens eram realmente seres terríveis. Dali em diante prometia ser mais dura consigo mesma e com os outros. Porque do que adiantava tanta dedicação por uma pessoa se não era recíproco?

Saindo dali a guardiã do amor retornou para casa decidida a tomar uma postura drástica.

Capítulo VII

Chegando em casa, a primeira coisa que fez foi comunicar aos pais o fato e a decisão de separar-se em definitivo do dito cujo, onde foi totalmente apoiada. O que Ricardo Vasconcelos fizera chamava-se adultério o que era inadmissível para a época. Contudo, achava pouco seu castigo e com seu conhecimento das forças sobrenaturais resolveu vingar-se. Lançou um feitiço retirando a força vital de masculinidade do antigo namorado. Pronto! Agora nunca mais ele iria conseguir ter relações com outra mulher.

O fato que ocorrera machucara muito ela e não sabia quando se recuperaria por completo. A única certeza que tinha era a necessidade do esquecimento do ódio que a consumia. Por ser um ser de luz, isto era uma situação muito perigosa e catastrófica para ela, pois as consequências eram inevitáveis e não tinha como voltar. Que Deus tenha piedade desta garota!

Capítulo VIII

A vida foi avançando com suas estratégias pessoais. O guardião do amor permanecia só em sua dor enquanto sua irmã gozava duma boa relação com seu namorado João Claudio Pereira. Este fato atraia mais a inveja da primeira. O que a irmã tinha que ela não tinha?

Aliada à inveja, era inevitável o contato entre os três e isto foi alimentando um sentimento de esperança ruim por parte da guardiã do amor. A todo momento, ela procurava agradar o seu cunhado e sem perceber foi gamando por ele. Chegou um momento que ela percebeu isso e entrou em contradição. O que fazer quando sua felicidade depende exclusivamente da infelicidade do outro? Ela estava entre a cruz e a espada e teria que tomar uma nova decisão séria em sua vida.

Capítulo IX

Passam-se mais seis meses. Neste momento, o relacionamento entre a guardiã da Montanha e João Claudio Pereira estava mais forte do que nunca. Marcando-se uma data em no máximo um mês para um provável noivado. O fato colocou a guardião do amor numa grande enrascada. E agora? O que seria dela e de seu amor?

Numa saída desesperada, a última escreveu um bilhete endereçado ao futuro cunhado e chamando alguém de sua confiança incumbiu-lhe de entregar em mãos. Como tudo em Mimoso ficava perto, não demorou para o garoto entregar a correspondência. O destinatário pegou o bilhete, agradeceu e quando teve um tempo vago dirigiu-se ao seu quarto.

Apressadamente envolvido por um misto de ansiedade e nervosismo, João chegou rapidamente em seu recinto particular, fechou a porta e com toda a privacidade possível, aproximou-se de sua cama que ficava ao lado do guarda-roupas e sentou. O bilhete tinha como remetente a cunhada e este fato já era muito intrigante. O que ela pretendia?

Ao abrir o conteúdo do mesmo, ele passou de nervoso a pasmo. Não, não era possível! Eis o que estava escrito:

Mimoso, 10 de outubro de 1964

Caríssimo João Cláudio Pereira

Espero que ao chegar esta em suas mãos esteja com paz e saúde. O motivo da escrita refere-se a algo muito importante. Sabe, desde quando o conheci e passei a conviver contigo não imaginava que as circunstâncias me trouxessem a este estágio que estou vivendo no momento: eu não consigo parar de pensar em sua pessoa.

Sim, sei que você deve estar perguntando-se: Por que isso agora? Eu respondo: É o medo de perdê-lo. Não consigo imaginá-lo vivendo com minha irmã que apesar de ser uma ótima pessoa tenho certeza que não irá fazê-lo feliz. Eu tenho certeza disso.

Olha, não dá para descrever em palavras tudo o que sinto, mas queria uma oportunidade para falar isso pessoalmente antes que seja tarde demais. Eu preciso ter alguma resposta. Caso aceites, estou esperando um recado seu urgente.

Atenciosamente, A guardiã do amor.

João terminou de ler e ficou estático. Por esta não esperava. Por um instante, sentiu pena da cunhada e resolveu colocar as coisas às claras. A fim disto, pegou caneta tinteiro e papel e começou a escrever.

Mimoso, Dez de outubro de 1964

Recebi o seu recado, caríssima cunhada. Encontre-me hoje às 14:00 Horas nas escadarias da Igreja para possíveis esclarecimentos. Fique em paz e abraços.

Com tudo pronto, chamou o mesmo rapaz, lhe deu alguns trocados e pediu-lhe o favor de entregar sua resposta. Pedido aceito, o menino começou fazer o caminho de volta e enquanto isso, João foi cuidar de seus afazeres no negócio do pai. Agora, era só esperar o encontro definitivo que poderia mudar sua vida para sempre.

Capítulo X

Trinta minutos depois, a resposta de João foi entregue à guardiã do amor e ela, guardando segredo, foi preparar-se para este importante acontecimento. Tomou um bom banho, usou uma roupa simples, mas limpa, penteou suas longas madeixas, lavou o rosto e o enxugou. Feito isso, comunicou aos pais e à irmã que iria visitar umas amigas no povoado e que retornaria logo. O guardião da montanha ofereceu-se para acompanhá-la, mas ela rejeitou alegando que seria desgastante para a mesma a qual vinha convalescente de uma virose. A desculpa esfarrapada parece que foi aceita.

Então a guardiã do amor partiu. Saindo da cabana, pegou a vereda batida mais conhecida na descida do topo da montanha. Era o mais seguro a fazer naquele ambiente rural, exuberante selvagem. O que a esperava? Ninguém sabia a não ser as forças benignas do universo. A única certeza que tinha era que estava disposta a tudo.

Na íngreme descida, enfrenta o sol causticante, a poeira, os tocos e as pedras. Mesmo estando acostumada, era necessário o máximo cuidado para não se machucar ou sujar-se. Queria estar linda, glamorosa e estonteante de modo a impressionar o atual cunhado e talvez futuro namorado.

Como estava apressada, em pouco tempo ultrapassa o famoso umbuzeiro, desce agora em curvas e na segunda delas já começa a visualizar o povoado. Mimoso aproximava-se e com ele um encontro definitivo.

Sem maiores problemas já tem acesso ao perímetro urbano avançando na rua principal. São apenas duzentos metros até as escadarias da Igreja já ocupada por seu galã. Neste instante, sente um estremecimento no peito. Porém, já era tarde para um arrependimento.

Avançando altiva na rua central, a cada passo aproxima-se da sua cartada final. Em busca da felicidade ou infelicidade dependendo da resposta do seu amor. Contudo, nada era definitivo. O que aconteceria?

Alguns instantes depois, ela chega ao destino e fica em frente ao alvo. Pegando seu braço, o rapaz adentra na porta entreaberta da Igreja a qual encontrava-se vazia. Eles percorrem todo o comprimento do santuário e chegam ao altar. João entra em contato:

"Poderia me dizer o que significa aquele bilhete que mandaste?

"A verdade. Eu não aguento vê-lo indo para a forca com a minha irmã enquanto sou infeliz. Eu tinha que falar com você antes.

"O que pretende? Não passou a possibilidade em sua cabecinha que amo sua irmã?

"Eu pensei em tudo, mas não resisti a tentativa. Entre mim e minha irmã, eu escolho a mim para ser feliz.

"Você está errada. Não se constrói felicidade alguma em cima da desgraça dos outros. Eu tenho compromisso com sua irmã e não lhe faltarei. Por isto, procure outro homem e esqueçamos o que aconteceu.

"É a sua decisão definitiva?

"Sim.

O guardião do amor a despeito do que significava encheu-se de ódio Como ele podia rejeitá-la? Em sua opinião, era a pessoa mais adequada para o mesmo a detrimento de outras pessoas. Se ele não enxergava isso, era mais burro do que pensava. Com uma voz rancorosa, responde:

"Vai se arrepender!

Dito isto, deu meia volta e começou a afastar-se. O que ela pretendia? Não percam os próximos acontecimentos.

Capítulo XI

O início da caminhada de retorno trouxe à reflexão a figura da guardiã do amor. Não era justo, pensa ela. Enquanto a irmã ia ser feliz ela estava fadada a sufocar o amor mais importante de sua vida e o mais atraente da região também. Por quê?

Pensa nos principais motivos que causaram isto: primeiro a traição, segundo o feitiço e em terceiro lugar o apego demasiado a alguém comprometido. O conjunto destas três coisas levaram-na ao fracasso total. Restava agora conformar-se ou agir.

Ela sai do povoado, pega o caminho estreito e começa a subir a íngreme montanha do Ororubá, a montanha sagrada. Á medida que vai avançando, seu pensamento concentra-se no planejamento dos próximos passos a serem dados. Ela estava decidida a seguir em frente.

Com um pouco de esforço, passa pelo Umbuzeiro, e concentra-se na parte final da subida. Neste instante, inconscientemente já decidira o futuro do cunhado e da irmã e acredite leitor não é nada agradável de comentar.

Dez minutos depois, já alcançara o topo e agora restavam poucos metros para chegar em sua cabana. O momento mais esperado e fatal de sua vida aproximava-se. Enfrentando os obstáculos naturais, ela cumpre o restante do trajeto, chega em casa, batendo na pequena porta de entrada feita de madeira. Em questão de instantes, é atendida pelos pais e a irmã os quais cumprimenta. Com visível descontentamento, recolhe-se ao seu canto.

Decidida, começa a usar mentalmente do pior encanto que conhecia, a separação das almas gêmeas, ritual sagrado que separava definitivamente aqueles que se amam. No entanto, as consequências seriam drásticas para a mesma: nunca mais alcançaria a paz e a felicidade em cima da terra. Na opinião dela, não tinha saída.

Terminado o exercício mental, ela chora inconsolavelmente. O mundo iria desabar naquela família.

Capítulo XII

O encanto de separação das almas gêmeas era tão poderoso que João Cláudio Pereira sentiu instantaneamente os efeitos. Repentinamente, lembrou das pequenas discussões e dissidências que teve com a namorada e analisando bem verifica que ela não era a pessoa mais adequada para sua vida.

Com algo forte impulsionando sua mente, escreveu uma carta bem redigida endereçada a guardiã da montanha onde encerrava em definitivo o relacionamento. Sem motivos fortes, explicava apenas que não estava preparado para assumir a relação.

Após terminar de escrevê-la, pagou um garoto para entregá-la em mãos Pronto, agora estava livre e pronto para seguir sua vida em frente sem nenhuma mulher em sua vida. O mais estranho é que ele não entendia a si mesmo fruto do alcance do encantamento.

Trinta minutos depois, o garoto chegou na cabana e realizando sua missão entregou o papel ao destinatário. A guardiã da montanha leu, releu e não conseguia acreditar. O que teria acontecido para quebrar um sentimento tão bonito com o respectivo compromisso de noivado?

Inconformada, entregou a carta aos pais e ao manuseá-la eles perceberam o que tinha realmente acontecido: um feitiço que só um Deus cupido e os guardiões tinha acesso. Sem muita opção, eles mataram a charada: A guardiã do amor era a culpada.

Confabulando entre eles, eles decidiram ainda mais drástica. O mal feito não poderia ficar impune. Arrumaram as malas da filha malvada, anotaram um endereço e entregaram a mesma. A partir daquele dia, estava expulsa definitivamente de casa e da vida deles. No endereço anotado, constava a localização de uma casa de família onde ela seria empregada na sede pesqueira. Por mais que fosse ruim, ela não fora abandonada porque eles se sentiam parcialmente culpados por terem lhe dado quatro chicotadas em vez de três quando criança o que, segundo a crença, provocava a má sorte.

A guardiã do amor aceitou o castigo com resignação. Não merecia o amor dos pais nem da irmã e quem sabe em pesqueira não esquecesse tudo o que passou embora soubesse que estava marcada para sempre. Boa sorte para ela neste novo rumo de sua vida!

Capítulo XIII

De malas prontas e com um nó preso na garganta, a guardião do amor despede-se finalmente dos seus entes queridos. Ultrapassando o obstáculo que é a porta, depara-se com a majestosa paisagem do topo da montanha sagrada do Ororubá Desde pequena, aprendeu a admirar aquele local especial que servira de abrigo e alimento a vida toda. Como sentiria saudades! Sentiria falta da família que machucara, dos animais, das plantas, do seu "Eu sou rural", do relevo, dos espíritos da floresta, dos conhecidos e amigos do povoado de Mimoso. Esta mudança repentina por mais que fosse necessária iria alterar por completo seus planos. Na cidade, seria apenas mais um adolescente comum, uma empregada sem futuro. Entretanto, estava colhendo o que plantara.

Sentido uma dor memorável no peito, ela dá os primeiros passos em busca do novo rumo. Neste momento, uma gama de pensamentos invade o seu ser atormentado pelos pecados cometidos. Seria uma nova oportunidade dada pelo destino ou apenas uma brincadeira de mau gosto? O seu amor por João arrefeceria e daria lugar a outro sentimento? E sua irmã, a perdoaria depois do mal que lhe havia feito? Estas e tantas outras indagações martelavam a sua cabeça o que era normal para uma adolescente de apenas catorze anos.

No instante posterior, convence-se de que nada mais do que um dia após o outro. Segue então nas estreitas curvas da trilha descendo e driblando pouco a pouco as armadilhas da montanha. Tudo o que ficava para trás fazia parte dum passado sofrido que pretendia esquecer ou pelo menos superar como fazem a maioria das pessoas. Prometia não desistir de si mesmo.

Com esta afirmação pessoal, desce a curva principal, ultrapassa os pontos da Algaroba e do pé do Umbu. Agora faltava pouco. O pequeno Mimoso espraia-se na planície ao fundo com tom convidativo. Mimoso do seu amor. Mimoso do antigo major, mimoso das várzeas e das pessoas sonhadoras. Este bucólico arruado ficaria guardado em suas lembranças para sempre mesmo que não retornasse.

São cerca de trezentos metros entre o último ponto e o povoado. Passa pela rua principal e aluga um carro (Um fusca azul) com destino à Pesqueira. Logo que se acomoda no veículo, é dada a partida. Rumo a novas aventuras e descobertas!

Capítulo XIY

Do centro do povoado pegam um trecho de estrada de terra e alguns metros depois pegam a pista asfaltada. Seguindo na direção leste, avançam numa velocidade regular pela rodovia BR 232 a mais importante do estado.

Passam pelo sítio rosário, Ipanema, a fazenda Canaã e seguem em frente. A cada quilômetro percorrido, aproximavam-se da sede do município, a imponente Pesqueira, famosa por ser um centro industrial e comercial relevante além da importância artística e religiosa.

Quando já avistam a cidade, a guardiã do amor sente um estremecimento no peito. O que a esperava? Pela premonição que sentira, estavam reservadas muitas emoções em sua vida. Situações que poderiam mudar completamente sua trajetória.

A pedido da guardiã, o motorista acelera mais e então o restante do trajeto é percorrido rapidamente. Percorrendo a pista, eles ultrapassam alguns bairros até adentrar na entrada do centenário. Descem na avenida principal até chegar na região da baixa grande. Lá, o motorista deixa a guardiã do amor no endereço respectivo, ela desce do carro, paga o frete e despede-se finalmente.

Ela está diante duma casa média,15 × 7 metros, estilo casa, murada na frente com portão, uma porta de entrada e uma janela lateral. Na parte frontal, encontra-se uma figura de leão como se quisesse amedrontar todos que passassem ali. No entanto, ela enfrentaria o que fosse. Reunindo a coragem restantes, ela toca a campainha no portão do muro.

Em questão de instantes, uma mulher vem atender. Trata-se de uma morena alta, corpo esbelto, rosto com traços bem desenhados (nariz, boca, olhos, ouvidos e sobrancelha normais), mãos delicadas com trinta anos aproximadamente. Ela chega junto ao portão, abre-o e inicia o contato.

"Quem é você e em que posso ajudar?

"Sou a guardiã do amor, filha do "Chama do céu" e da "Dama das águas". Sou da montanha do Ororubá e vim para ser sua empregada.

"Eu sei! Conheci seus pais na Feira de pesqueira e quando perguntei se eles conheciam alguém que pudesse trabalhar numa casa eles informaram terem duas filhas. Que bom que eles a liberaram! Estou precisando mesmo. Eu me chamo Rosa Florêncio Camargo.

"Muito prazer.

"O prazer é todo meu. Entremos para que eu lhe mostre a casa e a oriente.

"Tudo bem.

As duas adentraram no muro, fecharam o portão atrás de si e caminharam alguns passos no muro. Ultrapassaram o segundo obstáculo" A porta de entrada e saída" E adentraram no primeiro cômodo da casa que é a sala. Bem equipado, o cômodo tinha uma estante, sofá, uma mesa com cadeiras, cortina, uma escultura de um cachorro bem no centro e quadros com gravuras lindas pregadas na parede. No sofá, tinham dois homens sentados, um mais velho e outro mais jovem. A dona da casa faz questão de fazer as apresentações.

"Este é meu Marido, Pedro Camargo (Apontando para o homem mais velho) e este é meu filho Guilherme Florêncio Camargo (apontando para o mais jovem). Queridos, esta é nossa nova empregada, a guardiã do amor.

"Seja bem-vinda, criança. (Pedro Camargo)

"Gostei do seu nome e também és muito bela. (Guilherme)

"Obrigada aos dois. Espero ser bastante útil nas atividades domésticas. (Guardiã do amor)

"Assim espero. O que sabe fazer? (Rosa)

"Sei cozinhar e limpar uma casa. Também estou disposta a fazer outras atividades caso haja necessidade. (Guardiã)

"Certo. Não se preocupe. Ensinaremos tudo o que for necessário. Poderia me acompanhar? (Rosa)

"Claro. (Guardiã)

Saindo da sala, as duas passam pelo corredor onde ficam quartos de ambos os lados, os cômodos seguintes são a cozinha, banheiro e a área de serviços. Neste último, vão para um quartinho estreito e reservado. Lá, a mudança da empregada é colocada. Após, são repassados as orientações e os materiais do trabalho da tarde que incluía limpar o banheiro e arrumar a sala. Imediatamente, ela foi cumprir suas obrigações.

A fim disso ela sai do quarto de serviços e dirige-se ao banheiro que ficava ao lado. Com mais alguns passos, ao entrar no banheiro, ela fica pasma quanto á elegância e ao tamanho do local. Ela simplesmente não sabia o que era aquilo, pois vinha duma cabana abandonada na Zona rural. Quanta diferença existia entre a miséria e a classe dita média. Por quê? Deus criara os homens iguais, mas as condições existentes no planeta criavam uma desigualdade imensa entre estes mesmos seres. Desigualdades estas consideradas intransponíveis.

Instantes depois, recupera-se do baque e começa o seu trabalho. Joga um pouco de água no piso, sabão líquido e usa a vassoura para limpar. Após, joga mais água para enxaguar. No final, usa um pano para enxugar o excesso de umidade. Com o piso pronto, limpa a pia e o vaso sanitário que estava sujo. Ufa! Agora era a vez da sala.

Delicadamente, ela sai do banheiro, passa pelo corredor e chega no primeiro cômodo da casa. No momento, encontra-se apenas Guilherme e ela pede gentilmente licença para limpar o ambiente. Em resposta, ele recolhe os pés do chão e deita-se no sofá.

Ela então usa um pano para tirar o pó e a sujeira dos móveis e usa uma vassoura para limpar o chão depois. Enquanto varre, nota um olhar atento do dono da casa direcionado às suas pernas. Os homens eram todos iguais, pensa. Ela finge que não vê sua intenção e continua o seu trabalho tranquilamente.

Visivelmente interessado, o dono da casa puxa conversa com ela:

"De onde você é mesmo, garota?"

"Sou da montanha do Ororubá, povoado de Mimoso, Conhece?

"Conheço Mimoso, mas nunca subi na Montanha. É bonito lá?

"Pois não viu nada. A montanha do Ororubá é um dos poucos locais do mundo a serem considerados sagrados. Muitos sonhadores buscam entrar na gruta do desespero, local onde o impossível torna-se possível.

"Incrível! Na próxima vez que for lá, visitarei.

"E que desejo queria realizar?

"Arranjar uma esposa digna e bela. E o seu?

"Encontrar a paz.

"Por que veio para cá?

"Meus pais expulsaram-me de casa por motivos que não vale a pena mencionar.

"Entendo. Deve ter sido trágico. Olha, pois fique à vontade viu, está entre amigos.

"Obrigada.

"Tem namorado?

"Não, mas já namorei e olha que não foi uma boa experiência. Vocês homens são os bichos mais complicados do mundo.

"Não julgue a todos por causa de um. Cada qual é cada qual.

"Talvez. Mas encontro-me no momento com o coração completamente fechado.

"Nada nesta vida é definitivo.

"Concordo. E você? O que faz?

"Sou estudante do ensino secundário. Concluo daqui a um ano e um mês aproximadamente.

"Legal. Pretendo fazer o quê depois?

"Quero fazer engenharia mecânica na capital e arranjar um trabalho nas horas vagas. Pretendo ser independente quanto antes. E você? Estudou?

"Estudei até o secundário. Parei os estudos porque não tive mais uma oportunidade.

"É uma pena.

"Sim. Neste país a educação ainda é restrita. Quem sabe esta situação melhore no próximo século.

"E seus projetos?

"Não tenho nenhum por enquanto. Vim trabalhar como empregada aqui e quero fixar-me. Quem sabe eu não possa esquecer o meu passado.

"Posso ajudar em algo?

"Não. Ninguém pode. Agora deixe-me trabalhar.

"Está bem.

A guardiã do amor espantou-se com sua própria rudeza. Não, definitivamente aquele jovem não tinha nada a ver com sua vida e tinha que colocar os limites entre eles desde cedo, pois viviam em mundos completamente diferentes. Era o melhor a se fazer.

Com paciência e dedicação, continuou realizando seu trabalho concluindo-o vinte minutos depois. Depois, chamou a dona para conferir sendo aprovada. Em um gesto de fraternidade, foi liberada para jantar e descansar. Pronto. Mais tarde, pôde dormir em seus aposentos. Assim foi seu primeiro dia em sua nova vida.

Capítulo XY

Outro dia surgiu trazendo com ele as responsabilidades respectivas de todos. Enquanto a guardiã do amor esforçava-se nas tarefas domésticas, a dona da casa a vigiava para ter certeza que era mesmo de confiança. Os homens da casa encontravam-se fora desde cedo: O patriarca trabalhando em tempo integral e o jovem Guilherme entre a faculdade, o curso de inglês e de teatro, a academia e os passeios comuns aos jovens. Os dois só retornam para casa à noite. Neste horário, jantam, conversam e descansam dos seus trabalhos diários como qualquer trabalhador comum.

Esta rotina repetiu-se a semana inteira. No domingo, organizaram um passeio de Boas-vindas à nova integrante da família, a guardiã do amor. Deslocaram-se de carro próprio da sede pesqueira, subiram a serra do Ororubá, chegaram à vila de Cimbres e de lá pegaram um desvio para o sítio Guarda. Chegando ao local, começaram a subir a imensa escadaria de pedra que dava acesso à gruta, local de aparição da virgem Maria no início do século XX quando apareceu a duas crianças.

A cada passo dado, sentiam uma emoção inexplicável. Diante daquele local, eram apenas pobres pecadores em busca de acolhimento e de redenção. A ansiedade os faz percorrer as escadarias em tempo recorde. À beira da gruta, cada qual acende uma vela e efetua um pedido. Para a guardiã do amor, aquele era um local de esperança e de contradição, pois não sentia digna de pedir nada, não depois do que fizera a seu ex-namorado e a sua família. A culpa ainda era muito recente e a atormentava.

Os turistas passam cerca de duas horas no santuário em companhia de outros romeiros e após este período começam a fazer o caminho de volta. Pronto! Já tinham feito um pedido geral que era de paz, saúde, tranquilidade, prosperidade e acolhimento para toda a família.

Descem embalados as escadarias e ao final delas, respiram fundo com a sensação de dever cumprido. Ajeitam suas roupas, cabelos, sacodem a poeira e encaminham-se ao carro que estava estacionado perto dali. Momentos depois, já adentram no carro, acomodam-se e então é dada a partida pelo seu Pedro Camargo. De volta para casa, encontravam-se com espírito renovado.

Desenvolvendo uma velocidade tranquila e sem enfrentar tráfego, eles chegam na vila e pegam de imediato a pista que conduz a descida da serra. Sentindo-se como os desbravadores antigos, eles aproveitam cada metro daquele chão, relevo e céu o admiram. Sem sombra de dúvidas, a região de pesqueira era um dos importantes do mundo religioso e culturalmente falando. Digna de ter recebido a visita da mãe de Deus mesmo que não se soubesse até hoje o verdadeiro motivo de sua aparição. Será que Deus era brasileiro como dizia o jargão popular? Ou então será que Cristo voltara? Ou até mesmo era o fim dos tempos? Qualquer uma destas alternativas era razoável, mas o leque de possibilidades era simplesmente gigantesco.

As curvas sinuosas da serra do Ororubá eram um verdadeiro perigo e também uma grande aventura. A cada obstáculo cumprido, sentiam um misto de alívio e de frustração. Em verdade, eles gostavam da adrenalina que o inesperado causava neles, era como se fossem marinheiros de primeira viagem. Sentiam-se verdadeiramente vivos e a ideia da viagem fora ótima.

Em praticamente o mesmo tempo de ida, concluem o percurso de volta e já adentram no perímetro urbano. Do bairro caixa d'água onde se encontravam são apenas alguns quarteirões até chegar ao destino, a região da baixa grande.

No caminho, não há nenhum percalço ou acidente. Chegando em casa, eles têm tempo para descansar, cuidar dos trabalhos e de conversar. A guardiã do amor a cada instante vai conquistando a confiança de outros especialmente o afago do Jovem Guilherme. Será que se desenhava um novo rumo para sua vida? Continue acompanhando com atenção a narrativa, leitores.

Capítulo XVI

O tempo avança um pouco e chegamos no dia seis de janeiro de mil novecentos e sessenta e cinco (06/01/1965). Este era o exato dia do aniversário da guardiã do amor que completara quinze anos. Neste momento, a mesma encontrava-se de bem com a vida, pois conquistara o emprego em definitivo e o carinho dos patrões. Para alguns podia ser pouco, mas para ela já era o suficiente.

Como reconhecimento pelos serviços prestados e por já considerarem-na uma filha, foi organizada uma pequena festa onde foram convidados alguns amigos da família e vizinhos. Durante todo o dia, foram preparados a comida, a ornamentação e em especial o cuidado a jovem que ganhou um dia de beleza e roupas.

O festim estava marcado para às 18:00 Horas e um pouco antes deste horário já começaram a aparecer os primeiros convidados que foram bem recebidos pela anfitriã e pela também sorridente a guardiã do amor. Cada qual foi acomodando-se no seu espaço reservado.

Antes mesmo do horário programado, todos já se encontravam na casa e então de comum acordo iniciaram-se os festejos. Em um misto de música, dança, boas conversas, brincadeiras e glamour a festa desenrolava-se agradando a todos.

A guardiã do amor estava adorando tudo aquilo em sua homenagem, era a sua primeira festa de aniversário, a mais feliz e a mais triste também. Feliz por ser lembrada pelas novas pessoas que faziam parte de sua vida e triste por estar longe de sua verdadeira família. Se pudesse escolher, preferia estar junto aos seus mesmos tendo consciência que os magoara grandemente e que provavelmente era um caminho sem volta.

Após duas horas de entretenimento, chegou o momento mais esperado da festa. A dança da valsa e adivinha com quem? Com o cara mais charmoso e espetacular da festa, Guilherme Florêncio Camargo. A guardiã do amor não se continha de contentamento por ter semelhante honra.

Gentilmente, Guilherme pegou a aniversariante pelo braço, levou-a ao centro da sala e começam a dançar no embalo de "La valse de Ravel". A atenção de todos se concentra no casal que começam mostrar sua arte depois dum treino pesado a semana toda. No entanto, para Guilherme e a guardiã do amor, o que menos interessa é os outros devido ao envolvimento mútuo.

Ao final da dança, o beijo de praxe e os posteriores aplausos. Instantes depois, a separação dos dois. Cada um, volta para seu lugar e a festa continua intensa por mais algum tempo. Exatamente às 22:00 horas é dado o toque de recolher e então os festejos são encerrados. Um a um, os convidados vão se despedindo e indo embora. A noite memorável chega ao final e a guardiã do amor não se contém de felicidade. Pela primeira vez sentia-se importante em sua breve vida. Após agradecer os patrões, recolhe-se nos aposentos e vai dormir cheia de sonhos, á espera dum milagre. Seria possível?

Capítulo XYII

O tempo continuou seguindo-se. A patroa arranjara uma ocupação nova, a de diretora no negócio da família, uma lanchonete no centro, junto ao marido. Guilherme continuava focado nos estudos e sobrava a administração da casa para a guardiã do amor que não reclamava. Afinal, aquela família fora ótima com ela em todos os sentidos.

Paralelo a isso, com a convivência, crescia um sentimento mútuo de atração e de paixão entre os dois jovens da casa. Mesmo sabendo das dificuldades que os separavam, Guilherme sempre achava uma brecha para ficar perto da amada. Numa dessas ocasiões em que se achavam sozinhos (os pais saíram para fazer compras), ele resolve tomar uma decisão. Sério e sorrateiramente aproxima-se da jovem que estava na copa. Beija sua nuca, pega o seu braço delicado e coloca junto ao seu. Encara ela de frente e diz:

"Quero você!

"Eu também. Mas os seus pais?

"Eles não estão aqui agora. Somos apenas nós, Deus e o destino.

"O que faremos então?

"Permita-me.

Com delicadeza, ele pega o braço da moça e a acompanha até o seu quarto. Ao adentrar no recinto proibido, ela sabia exatamente o que ia rolar, mas não se importava. Queria isso tanto quanto ele.

Os dois adentram no compartimento de particular de Guilherme e fecham a porta. Como estivesse desesperado, ele beija a companheira com sofreguidão, retirando peça por peça sua roupa. Ao final, ela estava completamente nua e ele admira sua beleza ainda mais. Como era bonito o ser humano, a humana que gostava.

Na etapa seguinte, ele vai tirando suas vestes. Primeiro a camisa, depois o calção e por último a cueca. Ele também fica nu diante da amada e a visão parece assustá-la um pouco Ele a abraça com o intuito de acalmá-la. Não, a última coisa que queria era machucá-la e promete interiormente ir o mais devagar possível.

Os dois deitam na cama e Guilherme faz o papel de instrutor de sexo. Vai beijando a companheira gradualmente até o ponto em que ela relaxa completamente. Quando ele sente que está na hora, ele pede para ela deitar de lado e com seu membro bastante rígido tenta penetrar em sua vagina virgem. Como era a primeira vez dela, ele tem bastante trabalho até finalmente conseguir romper o Hímen. Ela se contrai de dor e ele tenta ficar bastante calmo, penetrando gradualmente. O que era dor vai se transformando em prazer tendo eles bastante cuidado para abafar os gemidos involuntários provocados pelo ato sexual.

Num ritmo sexual constante, eles usufruem dos corpos até o êxtase quando ambos gozam. Então eles se dão ao luxo de descansar um pouco. A guardiã do amor aproveita e deita nos braços do seu amado. Naquele instante, aquele ato proibido a libertara dum peso que carregara sempre, a síndrome da mulher mal amada. Mesmo que provisoriamente, sentira o gosto da felicidade contrariando todas as perspectivas de sua vida provando que o sexo e a afinidade eram forças poderosas capazes de produzir milagres e de transformarem vidas. Era realmente impressionante estar ali.

Um tempo depois, Guilherme Florêncio Camargo, recupera-se e está pronto para um segundo assalto. Desta feita, coloca a parceira de quatro, e aproximando-se de sua parte traseira, lubrifica o ânus com a língua efetuando exercícios circulares. Quando está bastante úmido, usa os dedos para alargar sua entrada: coloca um, dois, três até ela dizer basta. Após, com o Pênis rígido, vai introduzindo-o devagar na cavidade retal.

Os dois sofrem um desconforto inicial pela abertura ser mais apertada que a vagina, mas à medida que o parceiro vai fazendo os movimentos eles começam a ter bastante prazer. Começa então um processo de massagem até o momento do gozo. Satisfeito, Guilherme retira o pênis do ânus já mole. Seus vinte e um centímetros foram suficientes para satisfazê-la completamente. O sexo fora um sucesso.

Esgotados pelo esforço, os dois descansam um pouco e minutos depois já se levantam e se separam. Enquanto a guardiã do amor vai cuidar dos afazeres domésticos, Guilherme vai estudar. Este ano era decisivo para ambos.

Um pouco mais tarde, Pedro e Rosa chegam e não desconfiam de nada. Por enquanto, era o melhor a se fazer, pois, não se sabia qual seria a reação deles. Avancemos.

Capítulo XVIII

O tempo avança um pouco, mas as coisas não mudam muito: Guilherme e a guardiã do amor permanecem encontrando-se às escondidas, Rosa e Pedro continuam focados no trabalho. A união destas duas coisas criava um ambiente perfeito para o imprevisível e complexo. O que aconteceria?

A guardiã do amor tinha consciência que este era o seu melhor momento para que fizesse um pedido e assim o faz. Reunindo-se com sua patroa, explica sua situação particular: há quase seis meses sem ver os pais e pede um dia de folga para revê-los. Analisando bem a situação, Rosa Florêncio Camargo entende os motivos da empregada e mesmo sentindo que ela faria uma falta imensa dá sua permissão, pois sabia bem o valor de uma família, especialmente a biológica. Agradecida, a guardiã lhe dá um beijo e imediatamente vai arrumar suas tralhas para um dia no campo, um reencontro que prometia muito.

Nos seus aposentos especiais, a dita cuja, consegue organizar seus pertences em menos de trinta minutos. Escolhera uma mochila de compras que lhe fora dada pela patroa e coloca roupas, acessórios, objetos de higiene pessoal e muita expectativa. Como estavam aqueles que traíra pelas costas há um tempo? Já a teriam perdoado? A sua visita era realmente um tiro no escuro porque poderia ter surpresas indesejáveis.

Com tudo pronto, sai do seu quarto e Pedro oferece uma carona até ao povoado. Ela aceita, pois, estava sem dinheiro para alugar um carro que era uma raridade na época. Os dois saem da casa e adentram no carro (Um fusca anos sessenta) localizada na garagem ao lado. Quando se acomodam no veículo é dada a partida.

Pegam a avenida principal, sobem até o centenário e de lá pegam a movimentada rodovia BR 232. Seriam cerca de vinte e quatro quilômetros até o povoado de Mimoso, um bucólico arruado que abrigava a extensão da serra do Ororubá onde no seu majestoso topo ficava a gruta do desespero-a gruta mais perigosa do mundo-onde tudo era possível. Sem dúvidas, Mimoso era um marcante lugar.

Animada com a perspectiva do reencontro, a guardiã recorda fatos importantes de sua breve vida ao lado da família biológica. Conclui que tinha sido de fato uma filha e irmã ingrata por fazer-lhes tanto mal e se não podia remediar agora podia ao menos explicar-se. Embora nada tivesse importância neste momento, pois sua vida tomara um novo rumo ao lado de outras pessoas.

Ela era agora empregada de uma família importante que a acolhera muito bem. As novas experiências a fizeram descobrir o sexo com um garoto especial e mesmo tudo que acabasse repentinamente já valera a pena. Estava em parte transformada.

Agora, caminhava para um momento importante de sua vida, um reencontro que prometia ser decisivo. Enquanto não chegava, admira os elementos que formavam a paisagem agreste às margens da pista, as serras, o homem, os sítios, os povoados, os animais e o sol sempre presente. O seu deslumbramento é tão grande que nem percebe a passagem do tempo.

O carro dirigido por Pedro passa por Canaã, Ipanema, fazenda rosário e finalmente Mimoso. Dobrando a direita, adentram na pista que conduz ao povoado. O carro é estacionado na praça local. Daí, a guardiã do amor desce, combinam de se encontrar mais tarde e despedem-se finalmente. Enquanto ela subiria a serra para encontrar os entes queridos, o patrão passaria o dia no povoado visitando locais e conhecidos que moravam ali.

Nossa augusta personagem dobra a esquina, desce na rua principal, dobra outra esquina, entra num terreno particular e começa a subir o caminho que a levaria até o sopé da montanha. Neste instante, um turbilhão de emoções sacudia seu peito ante a aproximação de um passado que a magoava. Contudo, era preciso enfrentá-lo. Uma coisa que aprendera em sua vida era nunca ser covarde como a maiorias das pessoas são em situações conflitantes.

Passo a passo, seu caminhar a leva com algum esforço a atingir o sopé da montanha. Por curiosidade, olha para o cume à sua frente e o grande desafio que era chegar lá. Como se passara um bom tempo que não fazia este exercício, perdera sua condição atlética invejável. No entanto, mantêm a decisão firme de prosseguir no caminho, atingir o pico máximo da montanha era uma necessidade.

Firme e resoluta, ela avança no caminho pedregoso, perigoso e imprevisível. Não, não tinha medo, pois todos a conheciam e a respeitavam. Era a guardiã do amor, uma maga poderosa e cheia de encantos capaz de aproximar os corações apaixonados ou afastá-los como fizera uma vez Sua sina era inconfundível e perversa pelo fato das quatro chicotadas.

Um tempo depois, ela ultrapassa o Umbuzeiro, a Algaroba e começa a subir a curva principal. De relance, olha a planície ao fundo e o povoado espraiado. Como era lindo o Mimoso e, em simultâneo, misterioso. Era o local que no futuro abrigaria um ser superdotado, capaz de transcender os limites espaços e temporais. Por este ser, Deus daria ao mundo mais uma oportunidade e ela estava incluída nisso. Só não sabia de detalhes.

A visão do futuro a faz estremecer e dar mais ânimo na subida. Com um pouco mais de esforço, ela completa a curva e promove a única parada. Ela tira uma garrafa d'água da sua mochila e hidrata-se. Pensa rapidamente em algo banal e prossegue a caminhada. Instantes depois, já alcança o topo. O destino se aproximava.

Percorrendo a trilha estreita, nossa principal personagem não demora muito para percorrer o restante do caminho. Em questão de minutos já está diante da singular cabana que lhe serviria de abrigo na infância e adolescência.

Neste exato momento, treme um pouco diante das infinitas possibilidades ao seu alcance. O que aconteceria? A única saída era avançar e descobrir o que o destino lhe reservava depois dum tempo ausente. É exatamente o que ela faz.

Com passos curtos, mas seguros, aproxima-se da porta e ao encostar nela dá duas batidas secas usando a mão direita. Escuta um barulho de passos se aproximando e então espera um pouco. Em seguida, a porta é aberta por nada mais nada menos que a guardiã da montanha, sua irmã a quem magoara tanto. Seus olhares cruzam-se e o ódio que esperava sentir dá lugar ao espanto e a resignação. Com coragem, toma a palavra:

"Vim vê-los. Posso entrar?

"Se eu dissesse que não eu agiria igual a você. Sim, podes entrar. A casa é sua.

A guardiã da montanha escancara a porta e após a passagem da visitante, a fecha atrás de si. Com um sinal, oferece um banco e senta em outro. As duas ficam frente a frente no momento mais importante de suas vidas.

"Vejo que ainda está magoada comigo. O que posso fazer para mudar isso? (Guardiã do amor)

"Não sei. O que você fez não tem nome, destruiu meu namoro e a unidade familiar e é algo que nunca esquecerei. Mas não tenho o direito de julgá-la. Já tem alguém que faça isso. (Guardiã da montanha)

"Eu entendo. E nossos pais? Onde estão?

Tinha chegado a hora decisiva. A pergunta da irmã estava a ponto de desencadear uma verdade doloroso que a mesma procurava esconder ou evitar. Mas era uma verdade que tinha que ser dita de jato.

"Eles morreram há uma semana. Desde a sua partida, entraram em uma tristeza profunda e os problemas gradualmente começaram a aparecer. Foram enterrados aqui perto.

"Morreram? Eu não acredito! Por que não me avisou?

"Por despeito. Na minha mente, você foi a causadora da morte deles e quis a castigar. Depois, refleti melhor e vi que tinha sido injusta. Contudo, era tarde demais.

"Meus pais. Eu não pude nem me despedir deles. Como eu queria que o tempo voltasse.

"O tempo não voltará, mas se quiser posso mostrar onde estão enterrados.

"Você faria isso por mim, minha irmã?

"Claro. Por que não? Acompanhe-me.

"Obrigada.

As duas saíram da cabana e andaram cerca de duzentos metros na mata numa trilha conhecida. Param diante duma pedra e duma cruz onde estava escrito: "Aqui jaz a chama do céu e a dama das águas". A guardiã do amor ajoelha-se diante da pedra e pôs-se a chorar copiosamente. Como se arrependia de tê-los magoado e de ter se afastado de suas vidas. Sim, ela era a única culpada de tudo, mas isto era algo absolutamente irremediável.

A guardiã da montanha também se aproxima e coloca a mão no ombro da irmã demonstrando seu grande coração num gesto fraterno. Independentemente do que acontecera, eram irmãs de sangue e de espírito e partilhavam da mesma dor sem volta.

Após chorar muito e de rezar, as duas retornam à cabana e podem prosseguir a conversa interrompida.

"Como você está? Está tudo bem no emprego? (Guardiã da montanha)

"Conheci pessoas maravilhosas que me acolheram. Dona Rosa, seu Pedro e o filho Guilherme são companheiros de vida especiais e estou esforçando-me muito para atender suas exigências. (Guardiã do amor).

"Que bom! Tomara que continue nesse caminho reto.

"E você? Como andas?

"Consegui um auxílio do governo que me ajuda a sobreviver. Estou também trabalhando na roça, como lavadeira e diarista.

"Está de parabéns. Sempre você foi muito esforçada. Olha, se precisar de algo é só pedir.

"Não, obrigada. Eu ganho o suficiente.

"E o coração? Como anda?

"Eu decidi me agarrar à minha missão divina junto à montanha e não procurei mais ninguém. E você?

"Estou conhecendo um rapaz, mas penso que não ficará sério.

"Cuidado para não errar outra vez ou reacender os estigmas. Lembre-se que nossos pais te deram quatro chicotadas quando criança.

"Eu sei. Mas não deixarei de viver por isso, não é?

"Verdade. Já são quase dez horas. Fica para almoçar?

"Sim.

"Que tal revivermos nossos dotes culinários conjuntos? E quem sabe você não me ensina mais coisas que aprendeu na cidade?

"Adoraria. O que temos para hoje?

"Temos galinha caipira e milho.

"Ótimo. Então faremos um xerém especial.

"Apoiada.

"Comecemos então.

As duas levantam-se dos seus assentos e dirigem-se para a parte de trás da cabana onde ficava o velho fogão de lenha. Iriam começar a trabalhar duramente. Chegando lá, repartem as tarefas igualmente entre si. A galinha já se encontrava tratada e temperada restando colocá-la no fogo para cozinhar. Esta tarefa fica para a guardiã do amor. A guardiã da montanha estava incumbida de fazer o xerém. Ela coloca um litro e meio de água temperado com uma pitada de sal no fogo, espera ferver, coloca o xerém já preparado (cerca de quinhentos gramas) e vai mexendo gradualmente na panela de barro. Enquanto isso, vai puxando conversa com a irmã que está ao lado.

Duas horas depois, tudo já se encontra pronto e elas colocam a comida nos pratos para esfriar. Naquele instante, sentiam-se como uma família de verdade, as únicas que restaram. Mesmo diante das diferenças e das mágoas.

Quando o alimento esfria, elas começam a comê-lo. Pela boa educação, ficam em silêncio escutando o ritmo dos seus corações e presos às suas próprias memórias. Os dois guardiães eram a síntese do mistério, poder e sabedoria ao longo dos milênios e na atual encarnação tinham um importante papel a cumprir.

Ao término do almoço, a guardiã do amor faz questão de tomar a palavra:

"Tenho que ir, irmã. Sei que minha presença incomoda depois de tudo o que fiz. Espero sinceramente que você consiga erguer-se.

"Tomara. Também não lhe desejo nada de mal. Uma boa viagem.

"Obrigada.

As duas abraçam-se e beijam-se amigavelmente antes da partida definitiva. Em seguida, a guardiã do amor afasta-se, abre a porta e sai finalmente da cabana iniciando o caminho de retorno. A caminhada, mesmo com todas as dificuldades, ganhava um aspecto mais peculiar, um aspecto de tranquilidade e de vitória. Aquele dia tinha sido realmente esclarecedor para as duas e a partir de agora cada uma pode seguir em frente no seu caminho. Independentemente do que acontecesse, não deixariam de ser irmãs e almas gêmeas.

Com uma paz de espírito incompreensível, ela desce no topo da montanha. Passa por duas pedras, árvores, desce o caminho íngreme da curva principal da serra, passa pela Algaroba, pelo umbuzeiro, atravessa mais uma curva e já se aproxima do povoado. Alguns metros depois, já tem acesso ao arruado. Dobra a esquina da rua de atrás, vai para a rua principal e procura seu patrão. O encontra num dos bares centrais e juntos encaminha-se até o carro o qual estava estacionado ali perto. No caminho, enfrentam o sol causticante e cumprimentam os conhecidos. Mimoso era conhecido por ter um povo simpático, aculturado e acolhedor. O seu povo era a sua maior riqueza.

Chegando no carro, eles adentram e acomodam-se. Imediatamente é dada a partida rumo à sede do município onde as obrigações e responsabilidades esperavam os dois. O dia de folga já passara e tinha sido bem aproveitado. Era mais uma etapa concluída e esperávamos a próxima aventura.

Final